Jefe, hechizo y Halloween

Elsa Tablac

Published by Elsa Tablac, 2024.

JEFE, HECHIZO Y HALLOWEEN
¿Trabajo o placer? #4
Primera edición: Octubre 2024
Copyright © Elsa Tablac, 2024

Jefe, hechizo y Halloween

¿Trabajo o placer? #4

Elsa Tablac

CAPÍTULO 1

H ARPER

Había algo irónico en llevar tu carta de renuncia escondida entre un montón de carpetas, camino del despacho de tu jefe, junto con los asuntos del día. Como si fuesen un punto más de nuestra pequeña reunión de primera hora de la mañana.

Y allí estaba yo, con la carta emparedada entre archivos de proyectos inútiles y contratos mal redactados, preguntándome por qué demonios había necesitado tanto tiempo para tomar la decisión de dejar ese trabajo.

Lo estás haciendo, Harper; murmuré para mí misma mientras pulsaba el botón del ascensor. Y no, hablar sola no era síntoma de locura, era síntoma de haber trabajado más años de la cuenta en un lugar lleno de idiotas.

El ascensor tardó siglos en abrirse. Por supuesto, eso me concedió un poco de tiempo extra para seguir revolcándome en mi propia amargura.

Un día más en esa oficina era un día más en el infierno. Si no era Dennis robándome las ideas y presentándolas como suyas, era Amanda dejándome fuera de las reuniones importantes porque "no tenía suficiente experiencia". Claro, después de cinco años de esclavitud, aparentemente todavía no sabía lo suficiente sobre cómo escribir un maldito email.

Cuando las puertas del ascensor finalmente se abrieron, di un paso adelante. Un solo paso. Y ahí estaba él.

Adam Collymore.

Mi jefe.

El que llevaba una chaqueta demasiado cara como para justificar sus constantes quejas sobre el presupuesto; el mismo que podía hacer que cualquier reunión pareciera una clase magistral sobre "cómo ocultar emociones humanas".

No es que fuera completamente inhumano, no. Solo que había algo en él que mantenía a la gente a kilómetros. Y no olía mal, no os penséis. Todo lo contrario. Quizás era el hecho de que nunca, jamás, sonreía. O tal vez era ese aire de superioridad mezclado con un encanto sutil. Un combo mortal.

—Harper, vamos, entra un momento. Vamos a mi despacho.

Claro, como si tuviera opción de decir que no.

—Adam, pero si iba a verte —dije con una sonrisa que seguramente parecía más una mueca de dolor—. ¿Qué necesitas?

Lo seguí y observé cómo se acomodaba. Se dirigía a algún otro sitio antes de que yo llegase, pero al parecer cambió de idea en cuanto me vio. Una vez sentado, no levantó la vista de su escritorio, ni siquiera mientras yo me acercaba. Se limitó a mover la mano hacia una silla, indicándome que me sentara. ¿Silla? ¿En serio? Si me sentaba, sería mucho más difícil sacar la carta de renuncia y salir corriendo de ahí. Pero ahí estaba yo, cayendo en la trampa de la cortesía profesional. Así que me senté.

—¿Cómo van las cosas? —preguntó finalmente, levantando la vista solo un poco. Lo suficiente para que sus ojos grises se clavaran en los míos. A veces, me preguntaba si Adam tenía un radar de serie para detectar el nivel exacto de incomodidad en cualquier conversación. Eso, o disfrutaba haciéndome sentir como si estuviera constantemente bajo un microscopio.

—Ah, ya sabes... lo de siempre. Documentos, correos, salvarle la vida a Dennis en cada presentación... Lo típico.

Mi tono era dulce, pero estaba segura de que él sabía captar el sarcasmo. No habría sobrevivido en esa oficina cinco años si no hubiese aprendido a afilar bien mis palabras.

Adam no reaccionó de inmediato. Solo asintió, como si ya supiera lo que iba a decir antes de que mis labios se movieran. Entonces se inclinó hacia adelante, como si estuviera a punto de compartir un secreto.

—Tenemos que organizar una fiesta.

Levanté una ceja.

—¿Perdón?

—Una fiesta de Halloween, para todo el equipo.

Su tono era completamente serio, como si acabara de proponer la cosa más importante del mundo. La última vez que lo había visto emocionado fue cuando había cerrado el acuerdo más grande del año con un cliente de peso, y ni siquiera eso había hecho que su expresión cambiara mucho. ¿Y ahora quería montar una fiesta?

—¿Y quién ha decidido esto? ¿El conde Drácula? —pregunté, intentando bromear porque ya me daba todo igual.

Adam no se rió, obviamente. Pero su boca se movió unos milímetros, como si quisiera hacerlo. Vaya. Una casi-sonrisa. Eso sí que era material para documentar.

—El consejo de administración piensa que necesitamos más cohesión en el equipo. Algo que mejore un poco el ambiente en la oficina. Al parecer está un poco tenso. Y dado que eres la única persona aquí capaz de organizar algo que no termine en desastre, quiero que te encargues tú. Tienes una semana.

3

—¿Una semana? —repetí, intentando procesar toda la absurdez que acababa de oír. ¿Era un chiste de mal gusto o algo así? ¿La traca final?

—Tú puedes hacerlo, Harper. Además, quiero que sea memorable. Ya sabes, algo que la gente recuerde.

Por supuesto que él lo diría así, con ese tono firme, como si fuera tan fácil como preparar un café.

Mientras seguía hablando sobre la importancia de "cuidar el ambiente laboral" (irónicamente, algo que él había ignorado durante años), mi mente estaba a punto de explotar. Tenía una carta de renuncia justo ahí, escondida entre esos documentos que probablemente no había mirado en meses, y ahora estaba atrapada organizando una fiesta ridícula.

—Adam, yo no... —intenté prepararme el terreno.

—Sé que puedes hacerlo —sus ojos volvieron a fijarse en los míos, esta vez con un destello que podría haberse interpretado como... ¿confianza? No. Imposible. De todas formas, antes de que pudiera responder, ya estaba de pie, despidiéndome con la mano, como si la conversación ya estuviera resuelta—. Tengo una reunión en cinco minutos. Confío en que harás un buen trabajo.

Genial.

¿Cuántos puntos extras me daban por ser una buena marioneta?

¿Y por qué sentía, en ese momento, que mi despedida tendría que esperar un poco más?

Me levanté con un suspiro, sabiendo que no había escapatoria. Salí de su oficina con la mente ya dando vueltas en una espiral de frustración.

Estaba a punto de irme para siempre y él, sin saberlo, me ataba de nuevo. Solo me faltaba organizar una maldita fiesta de Halloween como broche de oro.

Perfecto.

¿Quería una fiesta?

Esto iba a ser divertido.

No, mejor dicho, esto iba a ser mi venganza.

Pero mientras caminaba de vuelta a mi mesa, empezando a tramar cómo podía usar esa fiesta para mi propio beneficio y despedirme de aquel tugurio por todo lo alto, no me di cuenta de que me faltaba algo. Eso sería más tarde, claro.

Lo importante en ese momento era que cuando planté mi culo en la silla ya tenía un plan.

Si Adam quería que esta fiesta fuera "memorable", entonces memorable sería. Solo que, esta vez, no sería en el sentido que él esperaba. Tenía una semana, sí, pero eso era una eternidad para alguien con tanta creatividad acumulada.

Oh, Dennis, Amanda, y todos los demás... ¿Habéis hecho de mis días un infierno en la oficina?

Pues vais a disfrutar de la fiesta, amigos.

CAPÍTULO 2

A DAM

Harper Keller me volvía loco. Tenía que echar mano de toda mi fuerza de voluntad y mis mejores dotes de actor para que ella no se diese cuenta de lo mucho que me gustaba.

No, gustar no era suficiente para describirlo.

Harper me fascinaba, me desquiciaba, y me hacía perder el control sin que ella ni siquiera lo sospechara. A veces me preguntaba cómo era posible que alguien tan brillante, tan competente, pudiera estar tan ciega respecto a lo que yo sentía por ella.

Mientras cerraba la puerta después de que abandonase mi despacho, me dejé caer en la silla y solté un largo suspiro. Le había pedido que organizara la fiesta de Halloween, más como una excusa para tenerla cerca que por la necesidad real de hacer algo por el "ambiente de la oficina". Claro, tenía sentido darle algo de cohesión al equipo, pero esa no era mi prioridad. Mi prioridad real era ella.

Siempre lo había sido, aunque lo hubiese enterrado tras capas de profesionalidad durante demasiado tiempo.

Yo era su jefe, por suerte o por desgracia.

Esa era la realidad.

Mi mirada vagó hacia el suelo y se detuvo en seco sobre un pedazo de papel.

Ahí estaba, doblado en una esquina, un sobre blanco y alargado. Al principio, pensé que era parte del material de trabajo que Harper me había entregado, pero algo en mí me dijo que no era eso. Me agaché, recogí el papel, y lo desdoblé. Mi nombre estaba escrito en él con una caligrafía pulcra y afilada que me resultaba muy familiar.

Era de Harper, claro.

Y al abrirlo, el desastre.

Era una carta de renuncia.

Mis manos se congelaron. Leí la primera línea. Y luego la segunda. Y antes de darme cuenta, había leído la carta completa, y cada palabra me había golpeado con fuerza.

No me lo podía creer.

Harper se iba.

Me incliné hacia atrás, dejando que la silla soportara mi peso. Sentí un nudo en el estómago que no tenía nada que ver con el estrés habitual de la oficina. Era más profundo. La idea de que Harper se fuera me asfixiaba.

Durante años, había jugado a ser el jefe perfecto: distante, sereno, inquebrantable. Pero la verdad era que todo era una farsa. Ella era la única persona que conseguía atravesar esa fachada sin ni siquiera proponérselo. Solo con entrar en mi oficina, todo mi control se tambaleaba. Y ahora, al parecer, estaba a punto de perderla sin haberle dado una razón para quedarse.

¿Cómo no lo vi venir?, pensé, frotándome las sienes. Tenía que haber señales, alguna pista de que estaba pensando en marcharse. Pero claro, siempre me mantenía demasiado ocupado reprimiendo mis sentimientos por ella como para fijarme en algo más.

Tendría que haber hecho algo mucho antes. Y ahora... bueno, no estaba dispuesto a dejar que se fuera sin más.

Harper Keller, tú no te vas de aquí tan fácilmente.

Tenía que hacer algo, rápido. Si ella se iba, toda esa fachada cuidadosamente construida se derrumbaría. Y lo peor era que ni siquiera se trataba del trabajo, ni de lo buena que era organizando las cosas; ni siquiera de lo esencial que se había vuelto para la empresa. Se trataba de que no podía imaginar mi vida en esta oficina sin ella.

¿Salvar la fiesta de Halloween? Eso ya no era solo para cumplir con el consejo de administración. Ahora, esa fiesta se convertía en mi única oportunidad, ya que ella había accedido a organizarla. Mi oportunidad para mantenerla cerca, para intentar que viera lo que yo había ocultado durante tanto tiempo.

Suspiré y me puse de pie.

Miré la carta de nuevo y la doblé cuidadosamente. No podía dejar que Harper supiese que la había encontrado. Si lo hacía, ella se marcharía... tal vez de inmediato. Guardé el sobre en el primer cajón de mi escritorio, bien lejos de donde pudiera encontrarla, y me levanté para planear mi próximo movimiento.

A la mañana siguiente, Harper entró en mi oficina sin saber nada de lo que había pasado por mi cabeza el día anterior. Se la veía tranquila, incluso algo confiada, como si todo estuviera bajo control. Pero yo sabía que no lo estaba.

—Adam, aquí tienes algunos presupuestos para la fiesta —dijo, mientras me lanzaba una mirada rápida.

Todo muy casual. Como si no hubiera dejado caer aquella bomba el día anterior. ¿Se habría dado cuenta de que la había perdido? ¿Cuándo tendría pensado entregármela?

—Gracias, Harper —respondí, intentando mantener mi tono neutral.

La observé mientras se movía con precisión, colocando papeles sobre mi escritorio como si fuera algo rutinario. Era increíble cómo podía hacer que hasta lo más simple pareciera importante. Quería decirle tantas cosas en ese momento. Quería decirle lo mucho que la necesitaba, no solo por su eficiencia, sino por todo lo que hacía para que este lugar fuera soportable. Pero no podía, no así.

En cambio, dije lo más neutral que se me ocurrió:

—Estás haciendo un buen trabajo. No solo con la fiesta, sino en general. Pero viendo estos números tan ajustados y estos proveedores...sabía que no me equivocaba cediéndotelo a ti.

Se detuvo un momento, mirándome con curiosidad.

—Bueno, es mi trabajo, ¿no? —dijo con un toque de sarcasmo en su voz. Esa forma tan suya de restarle importancia a todo lo que hacía. No tenía ni idea de cuánto la admiraba por eso.

—Lo es —admití, sonriendo internamente ante su respuesta. Sabía que ella no se daba cuenta de lo mucho que significaba para mí, y eso me hacía querer acercarme más a ella, romper esa barrera invisible que había entre nosotros—. Pero siempre haces algo más que "solo tu trabajo", Harper. Por eso confío en ti para esto.

Vi cómo sus ojos se suavizaban un poco ante mi cumplido. Y por un segundo, casi pensé que había algo más ahí. Algo que me hacía pensar que tal vez... tal vez yo no le era tan indiferente como ella pretendía.

—Gracias, Adam —respondió, un poco más suave, como si por fin hubiera captado la sinceridad en mis palabras. Pero rápidamente recuperó su compostura—. Ahora, si me disculpas, tengo que seguir trabajando en la decoración de la oficina. Si te parecen bien estos números, necesitaré tu firma para la orden de compra y hacer el pedido. Básicamente, es solo un DJ, bebidas y comida. Y la decoración de la terraza.

Y con eso, desapareció por la puerta, dejándome de nuevo solo.

Me quedé sentado en mi silla durante un buen rato, pensando en su reacción, en la pequeña chispa que había visto en sus ojos. Quizás no todo estaba perdido. A lo mejor aún había tiempo para hacer que se quedara. Tenía que ser más vehemente. Tal vez con un aumento de sueldo conseguiría retenerla...

Pero en el fondo ya no era suficiente que se quedase a trabajar allí. Quería dar un paso más con ella. Y en ese sentido si decidía irse ya no tendríamos una relación laboral... pero no. Era demasiado arriesgado.

La fiesta de Halloween.

Esa sería mi oportunidad para hacerle ver que yo no era solo su jefe distante. Sería el momento perfecto para romper esa barrera y mostrarle lo que realmente sentía. Y tenía que ser discreto.

Lo que estaba claro es que no podía dejar que Harper se fuera.

No sin luchar.

Y no me importaba lo que tuviese que hacer para lograr que se quedara.

CAPÍTULO 3

H ARPER
¿Dónde está mi maldita carta?

Mi corazón se hundió cuando, al volver a mi escritorio y revisar las carpetas que había llevado arriba y abajo el día anterior, me di cuenta de que faltaba algo. No, no algo.

La carta.

La carta de renuncia que había escrito cuidadosamente, que debería estar entre esas carpetas, aguardando pacientemente el momento de caer en manos de Adam, cuando yo estuviera lista para lanzarla como una bomba.

Y ahora... se había esfumado.

Abrí una carpeta, luego otra. Revolví los papeles como si mi vida dependiera de ello. Intenté no parecer una loca, pero estaba a un paso de entrar en combustión espontánea.

—Harper, ¿todo bien? —la voz aguda de Amanda saltó desde su escritorio, a unos metros de mí.

La miré de reojo y le sonreí como si no acabara de tener un mini-infarto.

—Sí, sí. Todo perfecto —respondí, con un tono tan dulce que me daban ganas de vomitar.

Después de todo, ella estaba en mi lista negra y sería una de las estrellas de mi gran espectáculo de Halloween. Había pasado meses dejándome fuera de reuniones importantes, robándome pequeños éxitos aquí y allá, y siempre, siempre con esa sonrisa de superioridad aplastada en la cara.

Cuando se giró de nuevo hacia su ordenador, volví a lo mío, intentando mantener la calma. *Vale, Harper, respira, piénsalo bien.* Un sobre no desaparece por arte de magia. *Pero si no está aquí, solo significa una cosa. Alguien la tiene.*

Oh, no.

Me levanté y fui a dar una vuelta por el edificio.

Y entonces mis ojos volaron hacia la puerta de la oficina de Adam.

No, no, no.

¿Qué pasaría si él la había encontrado? ¿La habría leído? ¿La habría usado como servilleta para su café?

El simple hecho de imaginarme a mi jefe, sentado en su escritorio, leyendo mi renuncia como si fuera el informe del mes me hizo entrar en modo pánico total.

Volví a mi mesa.

Cálmate, Harper, me repetí mientras intentaba parecer ocupada planificando la fiesta. Pero claro, la paranoia no ayudaba mucho a concentrarme. Lo único que pasaba por mi cabeza era esa estúpida carta y lo que Adam podría estar pensando.

Hablando de Adam, de repente la puerta de nuestra sala se abrió y allí estaba él, con su aire de perfección impecable y su expresión típicamente neutra. Pero había algo raro en el ambiente.

Se acercó a mi escritorio.

Oh, no, esto no puede ser bueno.

—Harper —me dijo con una voz que casi parecía... amigable. ¿Amigable? No, debía estar soñando—. Necesito hablar contigo sobre unos detalles de la fiesta. ¿Tienes un minuto?

¿Un minuto? ¡Tengo todo el tiempo del mundo si eso significa descubrir si has encontrado mi maldita carta! Pero claro, lo que dije fue:

—Por supuesto, Adam. ¿Qué necesitas?

Me llevó a su oficina y, bueno, confirmado: había algo extraño en él. Se movía con cierta torpeza, como si no supiera muy bien qué hacer con sus manos, o peor, con sus palabras. ¿Estaba nervioso? Adam nunca está nervioso. Me senté en la misma silla de siempre y lo observé, tratando de descifrar su comportamiento.

—Estaba pensando en la fiesta... —comenzó, evitando el contacto visual, lo cual era aún más raro—. Creo que deberíamos asegurarnos de que todos se sientan... cómodos. Ya sabes, algo más... relajado.

—¿Relajado? —pregunté.

¿Adam estaba proponiendo que la oficina se relajara? ¿El mismo tipo que parecía tener un palo metido en... bueno, ya sabes?

—Sí, creo que deberíamos hacer más actividades en equipo. Que haya una conexión más humana entre todos —agregó, y se notaba que estaba luchando por encontrar las palabras.

Lo miré atentamente, y por un segundo, recordé aquella época (muy fugaz) en la que me había obsesionado con él.

Hacía cinco años, cuando acababa de unirme a la empresa, Adam me había parecido increíblemente atractivo. Con su actitud misteriosa, ese aire de jefe inalcanzable, y el hecho de que siempre vestía trajes que parecían hechos a medida para él... Estaba obsesionada.

Pasé dos semanas investigando si tenía novia. Hasta revisé sus redes sociales para ver si alguna mujer comentaba en sus fotos. Al final, decidí que no podía perder el tiempo fantaseando con mi jefe. Pero ahora, esa sensación que había enterrado empezaba a resurgir.

Aunque no, no podía ser.

Estaba a punto de irme.

No tenía tiempo para esas tonterías.

—Harper, ¿me escuchas? —la voz de Adam me sacó de mi ensoñación.

—Sí, claro. Más actividades de equipo. Algo relajado —dije, repitiendo sus palabras sin ni siquiera pensar en lo que significaban realmente.

—Algún juego, en la fiesta. Algo así.

Me mordí la lengua para no decirle que nadie quiere *jugar* en las fiestas de empresa. Al menos no el tipo de juegos que él tenía en mente. Según mi experiencia lo que todo el mundo quiere es beberse hasta el agua de los floreros o, directamente, no ir.

—Tomo nota. Pensaré. ¿Algo más?

—Sí... Y, bueno, también quería agradecerte por todo lo que haces aquí. Sé que a veces no lo digo lo suficiente.

¿Qué? ¿Otra vez? ¿Adam Collymore agradeciendo? ¿Otra vez? Esto no podía estar pasando. Tal vez sí había leído la carta después de todo y ahora intentaba retenerme con cumplidos vagos. Lo observé con recelo. Si estaba tratando de convencerme de que me quedara, tendría que hacer algo más que soltar un "gracias".

—Bueno, es mi trabajo —dije, encogiéndome de hombros. Y *juraría que esta conversación ya la habíamos tenido*, estuve a punto de añadir.

—Lo sé. Pero eres increíble en lo que haces —respondió, mirándome directamente a los ojos por primera vez desde que me senté—. Solo quiero que lo sepas.

¿Esto era real? Podía sentir cómo el calor me subía hasta las mejillas. Afortunadamente, me recompuse rápido.

—Gracias, Adam. Lo tendré en cuenta —respondí, intentando sonar casual, aunque mi corazón estaba latiendo más rápido de lo normal.

Salí de su oficina y volví a mi escritorio, más confundida que antes. ¿Por qué de repente Adam estaba siendo tan amable conmigo? Esto tenía que ser un truco. O tal vez había leído la carta y ahora estaba en modo pánico porque temía perder a su esclava estrella. A la única tonta que le hacía algo de caso. Me reí sola al pensar en eso.

Pero no podía distraerme. Tenía una fiesta que planificar, y aunque fuera mi "gran salida", también sería mi pequeña venganza. Amanda, Dennis y todos los demás que me habían hecho la vida imposible estarían en el centro de mi gran espectáculo. Iba a ser épico. Ya lo tenía más o menos maquinado.

Mientras tanto, en los últimos días Adam había estado acercándose a mí con excusas cada vez más peregrinas. "¿Qué te parece este proveedor?" o "¿Ya has pensado en las bebidas?" Cualquier motivo era suficiente para venir a verme. Y lo peor es que yo no sabía si estaba intentando ser simpático o si solo estaba manteniéndome ocupada.

Lo que sí sabía era que, aunque intentaba ignorarlo, una pequeña parte de mí empezaba a disfrutar de su atención.

No, Harper. No te distraigas. Tienes una misión: hacer que esta fiesta sea inolvidable, despedirte a lo grande, y salir de aquí cagando leches.

Pero con cada paso que Adam daba hacia mí, y cada sonrisa que me lanzaba, me preguntaba si sería capaz de cumplir mi plan sin perder la cabeza en el proceso.

CAPÍTULO 4

H ARPER
La noche había llegado. Mi gran noche.

Cuando entré en la oficina, convertida en un salón oscuro, lleno de luces parpadeantes y detalles góticos, sentí una punzada de orgullo. Lo había conseguido. Después de una semana de trabajo frenético, la fiesta de Halloween que había planeado estaba lista para impresionar a todos... y vengarme de unos cuantos.

Me había asegurado de que todo fuera perfecto: las decoraciones, la música, la comida. Cada pequeño detalle tenía mi toque personal, una especie de despedida no oficial. Una despedida de la que nadie tenía ni la más mínima idea. Bueno, nadie excepto quien hubiese encontrado la dichosa carta, que parecía haber sido enviada a una realidad paralela.

Pero ese no era el día para pensar en cartas de renuncia. Era el día para que Harper Keller se despidiera con estilo.

Miré a mi alrededor, observando las primeras reacciones de mis compañeros. Amanda, con su disfraz predecible de "gata sexy", ya estaba haciéndose fotos junto a una de las calabazas decoradas. Dennis y algunos otros del departamento creativo estaban comentando algo sobre las luces tenues y lo "guay" que se veía todo. *Guay,* claro. *Ni siquiera imaginan lo que está por venir.*

Mi disfraz era una mezcla entre reina oscura y bruja elegante, y ya estaba causando sensación. Sentí todas las miradas sobre mí nada más entrar en la sala, pero la única que me importaba realmente era la de Adam.

Los últimos días en la oficina habían sido un auténtico tormento. Él no me quitaba ojo de encima y yo, lejos de sentirme observada, me sentía cada vez más adicta a aquella mirada. También estaba casi segura de que la carta se me había caído en su despacho y él la había encontrado. Y de ahí ese repentino derroche de atención.

Me volví discretamente, buscándolo en aquel mar de disfraces, y cuando lo vi, me quedé congelada por un segundo.

Guau.

Elaborado.

Adam había elegido un disfraz de un famoso asesino en serie (un psicópata, qué apropiado), y, aunque su cara estaba cubierta con una máscara de hockey, podía sentir sus ojos clavados en mí desde el otro lado de la sala.

Hice lo posible por ignorar el escalofrío que me recorrió la espalda. *Concéntrate, Harper. No es el momento de distraerte.*

Pero claro, ¿cuándo había sido fácil ignorar a Adam? Recordé los días en los que fantaseaba con él, años atrás. Esos dos breves pero intensos meses en los que investigué hasta su última red social, tratando de averiguar si tenía novia, o si algún indicio me permitía soñar. Al final, su rigurosa distancia profesional me obligó a apartar esos pensamientos. Pero esta noche... esta noche algo en él parecía diferente. Me estaba mirando de una manera que no había visto antes. Ni siquiera en los días previos a la fiesta.

Esta noche puede pasar cualquier cosa.

Sacudí la cabeza, apartando esos pensamientos.

Concéntrate, Harper. Tienes un plan que cumplir.

Mientras los invitados seguían llegando, caminé por la sala asegurándome de que todo fluyera. De vez en cuando, me detenía junto a alguno de mis compañeros tóxicos, como Dennis, y les ofrecía una sonrisa dulce que ocultaba mi verdadero objetivo. Lo de Dennis sería una pequeña sorpresa que había preparado con uno de los técnicos. Llevaba semanas presumiendo de un proyecto que había robado a otro compañero. Solo necesitaba una oportunidad para ponerlo en evidencia.

—Harper, esta fiesta está genial. De verdad, has hecho un trabajo increíble —dijo Amanda, apareciendo a mi lado. Sabía que sus palabras eran vacías. No había mostrado ni una pizca de interés en la planificación, solo estaba aquí para ser vista. Para figurar y medrar, como siempre.

—Gracias. Me alegra que te guste —respondí, con la sonrisa más falsa que podía ofrecer.

En mi cabeza, me reí de la cosita que le había preparado. Amanda tenía la costumbre de saltarse ciertas reglas en las reuniones para dejar fuera a cualquiera que pudiera hacerle sombra. Y esta noche, su pequeña maniobra se volvería contra ella.

Me alejé antes de que pudiera hacerme alguna pregunta estúpida sobre el evento y comencé a pasear por la sala, observando cómo la gente empezaba a soltarse. Las luces parpadeantes, las bebidas que fluían y la música que vibraba en el aire creaban la atmósfera perfecta para lo que había planeado.

Pero pasado un rato, una sensación de incomodidad comenzó a invadirme. ¿Estaba realmente disfrutando de esto?

Dennis estaba en la otra esquina de la sala, riéndose a carcajadas con su grupo habitual de seguidores. Todo estaba listo para su "accidente" de esta noche. Un pequeño mal funcionamiento técnico iba a proyectar en la gran pantalla un correo en el que se jactaba de haberse llevado el mérito de un proyecto que no había hecho. Un desliz a tiempo en la presentación de diapositivas y... boom. Su secreto a la luz.

En cuanto a Amanda... bueno, una pequeña sorpresa en su ordenador haría que su sesión de chat grupal se proyectara para todos. Había estado criticando a varios compañeros durante semanas, y lo había hecho todo desde su escritorio. Había logrado conseguir acceso al archivo y solo esperaba el momento oportuno para lanzarlo.

Pero justo cuando estaba a punto de activar el primer paso de mi plan maestro, algo en mí cambió. Mientras los observaba, riéndose, bebiendo y comportándose como siempre, un pensamiento cruzó mi mente: ¿esto me va a hacer sentir mejor?

Sentí la fuerte tentación de marcharme en el punto álgido de la fiesta, dirigirme hacia la puerta y no mirar atrás. Y no volver a pisar aquella oficina, claro.

—¡Ey, Harper! —la voz profunda de Adam me sacó de mi ensimismamiento.

Estaba justo a mi lado, con su máscara en la mano y una sonrisa que no esperaba. ¿Cuánto tiempo llevaba ahí? ¿Había notado algo raro?

—Adam.

—Aún no te había saludado. Todo está espectacular. Parece que todos se están divirtiendo. Te has superado, Harper. No es fácil que esta oficina luzca de repente así de...viva. Está increíble.

—Gracias —murmuré como una tonta, con ese nerviosismo incómodo que sentía cuando Adam estaba cerca. Lo que no esperaba era lo que dijo a continuación:

—Y tú estás increíble también —su tono había bajado un poco, y por un segundo, creí ver algo en sus ojos. Algo que me hacía recordar aquellos dos meses en los que creía que quizá él podría haberse fijado en mí también.

Me sonrojé, pero disimulé rápidamente.

—Es Halloween, Adam. Hay que darlo todo.

—Pues vaya si lo has hecho —repitió él, con una pequeña sonrisa torcida que me hizo morderme el labio sin querer. Maldita sea.

Hubo un silencio entre nosotros que casi parecía incómodo, pero no era exactamente incómodo. Era... diferente. Y en medio de esa sensación, mis ojos se desviaron hacia Amanda y Dennis, que seguían disfrutando de la fiesta, ajenos a mi maquiavélico plan.

¿De verdad iba a hacerlo?

Mis dedos casi apretaron el botón de la tablet que sostenía, donde tenía el control de las presentaciones y los archivos que iba a proyectar. Solo un clic, y todo su mundo cambiaría. El karma al alcance de mi mano.

Pero algo me detenía. Mientras Adam seguía a mi lado, sin apartar la mirada de mí, empecé a preguntarme de nuevo si eso me haría sentir mejor. ¿Quería irme así? Como una villana de película de Halloween, sembrando el caos a mis espaldas.

—Harper, ¿todo bien? —preguntó Adam, inclinándose un poco hacia mí, con su voz suave. Sus ojos buscaban los míos, como si intentara leer mis pensamientos.

—Sí... sí, todo bien —mentí, pero por dentro, las dudas seguían creciendo.

Quizá la venganza no era la salida que necesitaba después de todo.

¿Será que estoy perdiendo la cabeza?

—¿Crees que...? —Adam seguía a mi lado, y ahora se acercaba un poco más a mi oído para susurrar junto a él. Pero la música no estaba tan alta.

Lo miré.

La menor distancia a la que se habían encontrado nuestros ojos.

Y supe que lo sabía.

Sabía que me largaba.

—Qué.

—¿Crees que podemos hablar un momento a solas? ¿En mi despacho?

—¿Ahora?

Él asintió.

—Yo creo que la fiesta ya está bien encarrilada.

—No sé si es un buen momento para...

—Quiero proponerte algo, Harper.

CAPÍTULO 5

ADAM

A Sentía que se me escapaba entre los dedos y que si no actuaba ya, esa sería la última noche que nos veríamos. Me urgía dar un paso al frente y dejarle claro a Harper lo mucho que me gustaba. Temía que, si se marchaba, tal vez no fuese solo un cambio de trabajo. A lo mejor estaba pensando en abandonar la ciudad, y eso me partiría en dos.

Observé de reojo como caminaba junto a mí por el pasillo.

Esa noche podía pasar cualquier cosa.

Me sentía capaz de todo.

Llegamos a mi despacho y cerré la puerta. Pensé, por un momento, en la carta de renuncia guardada en uno de los cajones de mi escritorio. La miré para detectar en ella cualquier rastro de incomodidad. No lo vi. Sus hombros se relajaron y su cabeza se ladeó ligeramente. Estábamos solos, de noche en mi despacho, disfrazados. Todo era lo suficientemente absurdo como para...

—¿Sabes que me voy, verdad? —me preguntó de sopetón.

—Sí. Tengo tu carta.

Pareció contrariada por un momento...

—Siento no habértela dado en mano, Adam.

—Eso ya da igual. Lo que me importa ahora es averiguar qué puedo hacer...para que te quedes.

Harper respiró hondo. Llevaba una varita mágica entre los dedos. Caminó hacia mi mesa y se sentó en el borde, dejándola junto al teclado de mi Mac.

—No mucho, me temo. Necesito un cambio de aires.

—¿Te quedas en Nueva York?

No respondió. Clavó sus ojos en mí, y supe que en aquel momento la línea roja entre jefe y empleada estaba más que difuminada.

—Harper...No quiero perderte de vista.

Parpadeó, como si estuviese haciendo un esfuerzo por interpretar mis ambiguas palabras. Pero yo lo último que quería era que tuviese dudas.

Me inmolé allí mismo:

—Estoy enamorado de ti. Desde hace bastante tiempo. Y yo...me siento como un idiota por no haber sabido lidiar con eso. Por haber reaccionado solo a raíz de leer esa carta.

Era evidente que su respiración se había acelerado un poco. ¿Era posible que ella...correspondiese al menos un diez por ciento de mis sentimientos? Sonreí. Los porcentajes formaban parte de mi lenguaje habitual.

Di un paso hacia ella y Harper bajó la mirada hacia mis zapatos. Por un momento, pensé que me rechazaría, que levantaría la mano y la interpondría entre nuestros cuerpos, pero no lo hizo.

No podía resistirme más.

Tenía que probar sus labios.

Necesitaba saber si ella me correspondía.

Y en cuanto irguió su cuello y su boca se entreabrió, la rodeé con mis brazos y la estreché contra mi torso. Todo aquel maquillaje en una situación como esa... en fin, tal vez era ridículo;

pero sentía la necesidad física de no dejarla escapar. Percibí cómo una mínima resistencia por su parte, más de duda que de rechazo, se deshacía entre mis bíceps.

Y después noté como su cuerpo suave y voluminoso se apretaba contra el mío, volviéndome loco de la mejor manera posible. ¿Cómo iba a parar aquello? ¿Cómo iba a impedir que acabásemos haciéndolo sobre mi mesa? Era imposible. Ni un repentino ataque nuclear, ni una invasión extraterrestre podrían apartar mis manos del cuerpo de Harper Keller, que se desplegaba ante mí, bajo mis manos, como una flor en primavera.

Era deliciosa.

Presioné mis labios contra los suyos y Harper los entreabrió, permitiéndome profundizar en mi beso. Sabía un poco a vino y a tarta de limón.

—Llevo tanto tiempo soñando con esto...

—Adam, ¿por qué no...? ¿por qué no me lo dijiste antes? Las cosas habrían sido tan diferentes.

No quería escuchar ni una sola palabra de despedida.

—No lo sé. No tengo una respuesta para eso...Pero lo que importa es que ahora estamos aquí.

La besé de nuevo y recorrí sus labios con mis dedos, después deslicé la mano en dirección a su cadera para acercarla aun más a mi cuerpo. Ansiaba el máximo contacto y ella lo captó enseguida. Separó las rodillas y dejó que mi considerable bulto se acomodase entre sus piernas.

—Eres preciosa...— murmuré.

Recorrí su cuello con mis labios hasta toparme con la tela de su vestido, recreándome en los discretos suspiros que Harper dejaba escapar, y comprobando, embelesado, como se convertían en pequeños jadeos.

Continué bajando hacia su escote, concentrándome en sus voluminosos pechos, que rebosaban aquel encorsetado disfraz; mientras ya buscaba con mi mano derecha la dichosa cremallera de aquel vestido.

—Dime que quieres lo mismo que yo —dije, junto a su oído.

—Por favor —dijo, seguido de un jadeo, esta vez más contundente; y eso fue todo lo que necesitaba oír.

Se separó un momento de la mesa y le quité el vestido, dejando que éste cayera hasta sus pies. Se quedó solo con el sujetador y unas braguitas negras de encaje. Sus sensuales curvas estaban completamente a la vista y yo no podía ni decidir por dónde iba a empezar.

—Eres tan increíble, tan preciosa —gruñí entre dientes—. Dios, Harper, cómo me pones...

Puse la mano sobre su pecho y lo presioné un poco para que el pezón sobresaliera. Llevaba un sujetador sin tirantes y la facilidad con la que sus tetas se desbordaban me tenía al límite.

Me incliné un poco para mordisquearlo suavemente y su reacción fue enterrar la mano en mi nuca para acercarme aún más a su cuerpo. Hurgué en su espalda al instante, buscando el cierre de aquel endiablado sujetador. Quería acceso total a aquellos pechos abundantes con los que llevaba tiempo soñando. Ni siquiera me atrevía a mirar su busto cuando pasaba por la oficina.

Mordí de nuevo, esta vez más suave, buscando su urgencia. Después me desvié en busca del otro pezón. Ella gimió y su cuerpo empezó a responder con más contundencia. Sus caderas se pegaron aún más a las mías, buscándome con ansia. Dios mío, si yo hubiese sospechado antes que ella...

Pero no era tiempo de pensar en el tiempo perdido. Tampoco en el hecho de que cualquiera que pasase por allí y oyera un ruido podría abrir la puerta y sorprendernos, aunque la fiesta estaba justo en el otro extremo de aquella planta.

—¿Te gusta?

—Adam —susurró mi nombre, mirándome con un hambre crudo y vulnerable al mismo tiempo.

Me arrodillé ante sus pies, mientras besaba su estómago. Supongo que temblaba porque sabía exactamente a dónde me dirigía.

Deslicé sus bragas e hice que pusiera una pierna encima de mi hombro.

Con el primer toque de mi lengua se estremeció. Empecé a lamer con fruición, focalizándome en aquel clítoris que pedía atención a gritos. Ella seguía emitiendo aquellos ruidos tremendamente sexys, a medio camino entre un suspiro y un gemido que me indicaba que necesitaba correrse cuanto antes. Me concentré en su clítoris, lamiendo y succionando, y cuando notaba que estaba a punto desviaba la lengua y recorría los alrededores, volviéndola loca de placer y notando cómo sus músculos se tensaban.

—¿Quieres correrte, Harper? Dímelo.

Me detuve un instante.

—Por favor, Adam. Por favor, haz que me corra.

Volví a trabajar su clítoris con mi lengua al tiempo que le metía un dedo. Estaba tan húmeda que casi chorreaba, así que introduje un segundo.

Lo noté un poco más prieto. Curvé un poco mis dedos y gimió un poco más fuerte. Ese era el punto exacto que yo buscaba. Empecé a estimularlo mientras no dejaba de lamer, primero despacio, luego más rápido, y su orgasmo no tardó ni un minuto en llenarme la boca. Me lo bebí, sediento de su placer.

Bajé su pierna, asegurándome de que no perdía el equilibrio, y me puse en pie de nuevo, buscando su boca. Quería que probase sus propios jugos de mi lengua, que comprobase cómo los saboreaba, cómo me gustaban...

Necesito más, pensé. *Si realmente esta fuese la última vez que voy a ver a Harper, haré que no se olvidé de mí durante el resto de sus días.*

La levanté y la coloqué de nuevo sobre mi mesa. Mi polla estaba deseosa de entrar en acción, pero primero me quité aquel ridículo disfraz de psicópata a toda velocidad.

Cuando me puse en pie, era MUY evidente lo excitado que estaba.

—Guau —dijo ella, contemplando mi miembro, duro y brillante, rezumante de líquido preseminal.

—¿Bien?

—Obvio —me miró a los ojos—. Pero, deberías saber...

—¿Qué pasa, preciosa?

—No es que sea virgen pero yo....no tengo mucha experiencia —apartó sus ojos un momento y se puso colorada.

Después de lo que habíamos hecho...

Busqué su barbilla con el dedo y reconduje su mirada hasta cruzarse de nuevo con la mía.

—Lo único que eso significa es que tienes que decirme si hago algo que no te haga sentir bien, ¿de acuerdo?

Sonrió de nuevo.

—Eso no ha pasado por ahora. Más bien al contrario.

—Perfecto. Es todo lo que quiero oír. Eso y tus gemidos...

Me moría de ganas de estar dentro de ella, pero quería asegurarme de que estaba cien por cien preparada. El tamaño de mi polla es considerable y no era la primera vez que una chica sentía reparos al verla. Pero tenía cierta experiencia en hacerlo despacio...al principio.

—Harper, eres la chica más guapa que he visto.

Pude ver en sus ojos que no me creía a pesar de que era cierto. ¿Acaso existía algún hombre sobre la Tierra que hubiese puesto eso en duda? Lo mataría con mis propias manos.

—No sé si creerlo. Estoy segura de que has conocido a un montón de chicas...

—Ninguna de ellas era tú. Rodéame con tus piernas— le dije.

Estaba perfectamente posicionado para empezar a follarla como debía ser, como estaba escrito desde que Harper Keller puso un pie en aquel maldito edificio.

—Oh, Harper, dios mío...

Ella se retorció un poco. Había apoyado los codos en mi mesa, como si no quisiera perderse como aquella bestia entraba en ella con toda la facilidad del mundo.

—Por favor, muévete, Adam. Te necesito ya...

Salí un poco y entré de nuevo, más profundo, recreándome en su humedad y en lo estrecha que se sentía su carne a mi alrededor. Era perfecta.

—Más.

Marqué un ritmo fijo, sin perder de vista su cara cada vez que me hundía en su coño. Verla a mi merced, debajo de mí, en la mesa en la que tantas veces nos habíamos reunido con toda la distancia profesional de la que éramos capaces; estuvo a punto de volverme loco.

Harper empezó a gemir.

Deslicé el dedo pulgar entre nuestros cuerpos y empecé a estimular su clítoris de nuevo.

—Quiero que te corras otra vez, Harper.

Ella asintió y yo continué perforándola, aumentando un poco el ritmo hasta que noté que sus músculos se tensaban. Cerró los ojos y arqueó la espalda, como si intentara acercarse aún más a mí.

Se corrió en silencio, haciendo un soberano esfuerzo por no gritar.

Y yo no podía resistirme a aquello de ninguna de las maneras, a lo preciosa que se veía mientras lidiaba con aquel orgasmo, mientras trataba de dominarlo en silencio. Y casi antes de darme cuenta de lo que estaba sucediendo entre nosotros, me dejé ir en su interior, me vacié dentro de Harper, sintiendo que por aquel sumidero se escapaba también buena parte de mi corazón.

Se incorporó y buscó el refugio en mis brazos. Temblaba un poco.

—¿Estás bien?

—Mejor que bien —dijo, sonriendo.

Y yo estaba igual o mejor, pero esa parecía una conversación para otro momento.

CAPÍTULO 6

HARPER

Salí de su despacho, yo primera, con el corazón todavía acelerado, la respiración agitada y la adrenalina corriendo una maratón por mis venas. El encuentro con Adam me había dejado en un estado de éxtasis celestial. Aquella inesperada revelación de sentimientos y lo que habíamos hecho en su despacho era infinitamente más de lo que jamás hubiera imaginado.

¿Qué demonios había pasado allí dentro? ¿Por qué no pudimos controlarnos? ¿En qué momento él y yo habíamos llegado... a ese punto de ebullición? Mi cabeza era un caos de imágenes: sus manos, su voz ronca al decir mi nombre, la forma en que me había mirado antes de besarme...

Intenté respirar profundamente, alisar mi disfraz y, con un movimiento rápido, me pasé los dedos por el pelo, tratando de arreglarlo. No había espejos cerca, pero por la forma en que algunas personas me miraban al pasar, seguramente estaba tan descolocada como me sentía.

Que no se note. Que no se note nada.

Avancé por el pasillo que conducía de vuelta a la fiesta y, con cada paso mi mente iba recordando mi otro plan.

La venganza.

Aún estaba a tiempo de pararlo todo.

Había sido un arrebato de rabia, un deseo de exponer a quienes me habían menospreciado, pero después de lo que acababa de pasar con Adam, esa necesidad me parecía mucho más lejana. Irrelevante, de hecho.

Quizá podía perdonarlos y marcharme en paz. Después de todo, ahora había algo entre Adam y yo, algo que merecía la pena explorar.

Pero cuando llegué a la entrada del salón principal, el desastre me golpeó de lleno.

La música había subido de volumen de forma dramática, y el ambiente que antes era simplemente animado ahora se había transformado en algo que a duras penas podría controlar. Un completo desmadre.

—¡Oh, Dios mío! —susurré al ver lo que ocurría.

En el centro del salón, dos *strippers* masculinos, que obviamente habían llegado a tiempo, estaban haciendo un espectáculo tan atrevido que ni en mis peores planes de venganza habría considerado algo tan... salvaje.

Vestidos solo con pequeños disfraces de bomberos, sus movimientos eran rápidos, sus cuerpos brillaban bajo las luces, y la gente alrededor estaba completamente fascinada, sin saber si reír, aplaudir o correr en la dirección contraria.

—¿Esto estaba en el guión? —escuché a Amanda decir, riendo nerviosamente con uno de sus amigos.

Yo sabía que aquello no había sido planeado exactamente así. Había contratado a los *strippers* como parte de una broma absurda, pero la idea era que fuera algo cómico, no una escena sacada de una despedida de soltera desenfrenada. Intenté avanzar un poco más hacia el centro de la sala, buscando una manera de parar aquel espectáculo, pero entonces mis ojos captaron algo peor.

Las pantallas.

Oh, no...

Los correos electrónicos. Esos correos que pretendían dejar al descubierto a Amanda y Dennis y algunos otros, estaban siendo proyectados en las paredes blancas de la sala, uno tras otro. Cada mensaje era más escandaloso que el anterior, lleno de críticas venenosas, comentarios despectivos y cosas que bajo ningún concepto debían ser leídas en voz alta.

La gente se estaba arremolinando frente a aquellas proyecciones, leyendo en silencio, boquiabiertos. Algunos reían nerviosamente, otros se miraban con incomodidad, y los más conscientes ya estaban comenzando a murmurar entre ellos. El pánico comenzaba a extenderse. Amanda y Dennis estaban en el centro de aquel torbellino de susurros, leyendo con la misma incredulidad que los demás, completamente pálidos.

—¡Dios! ¿Qué es esto? —escuché a alguien gritar.

Me quedé helada. Era una debacle. Mi intento de venganza, que había empezado como una pequeña broma para desenmascarar a algunos, se había convertido en una especie de bacanal, no solo con cuerpos desnudándose, sino también con secretos desenterrados ante todos. La sala entera era un caos y yo era la responsable.

Miré desesperada a mi alrededor, buscando una salida, y fue entonces cuando vi a Adam entrar al salón.

—Harper, ¿qué demonios está pasando? —preguntó, con su tono tajante habitual, mientras miraba a su alrededor horrorizado.

Me quedé completamente paralizada. Adam lo había visto todo. Y aunque él no sabía nada del plan que había orquestado en mi cabeza, sabía que yo era la organizadora de la fiesta. Seguramente ya sospechaba que, de alguna manera, esto era culpa mía.

—Yo... no... —empecé a decir, pero las palabras se ahogaron en mi garganta. Me sentía sofocada por la vergüenza.

—¿Strippers? ¿En serio? ¿Y qué son esos emails? —Adam miraba a su alrededor como si intentara encontrar alguna explicación lógica. Pero no había ninguna. El ventilador de la mierda se había puesto en marcha, y yo no podía hacer nada para arreglarlo.

Sin poder soportar más aquella ridícula situación, hice lo único que se me ocurrió: huir.

—Lo siento, no... no puedo... —murmuré, y antes de que Adam pudiera detenerme, giré sobre mis talones y corrí hacia la salida, empujando a la gente mientras intentaba salir lo más rápido posible.

Mi corazón latía tan rápido que casi me dolía. La vergüenza, el miedo y la adrenalina se mezclaban en mi pecho, y solo podía pensar en una cosa:

SALIR

DE

ALLÍ

CAPÍTULO 7

HARPER

¿Cómo era la frase de "para lo que me queda en el convento..."?

En fin.

Lo único en lo que podía pensar era que menos mal que la fiesta había sido en viernes, porque eso me daba dos días para pensar... o más bien para regodearme a fondo en mi propia miseria.

Dos días completos para quedarme debajo de mi edredón, comiendo helado directamente del bote, mientras intentaba no pensar en el desastre monumental que había causado.

Y claro, en todo lo que había pasado con Adam.

O mejor dicho, en todo lo que había arruinado con Adam.

A mi alrededor, el desorden habitual de mi apartamento me parecía más reconfortante que nunca. Ropa tirada por todas partes, la luz del día colándose por las cortinas cerradas, y la pantalla de mi móvil parpadeando sin cesar desde la mesita de noche. Adam me había llamado como... ¿cuántas veces? ¿Cinco? ¿Diez? Catorce. Contadas.

No lo miraba por miedo a que apareciera un mensaje de voz o, peor, un mensaje de texto. Algo en plan: "Harper, tenemos que hablar". Sabía que teníamos que hablar, pero no estaba lista para escuchar lo que tenía que decirme. Sabía que no sería bonito.

—No puedo... —murmuré mientras me hundía más entre las sábanas, como si esconderme bajo tropecientas capas de tela fuera a resolver algo. Era muy consciente de que lo que había pasado entre nosotros había sido mágico, especial... hasta que decidí volver a la fiesta, descolocada y feliz, y todo se fue a la mierda.

El gran momento de Harper Keller: la venganza. ¿Cómo había llegado a creer que podía hacerlo sin consecuencias? *Oh, claro. Porque soy brillante. Un genio del desastre.*

Volví a taparme la cara con el edredón, queriendo desaparecer de la faz de la Tierra. Pero entonces, un recuerdo me golpeó como una ráfaga de aire frío: la tablet. Mi mano automáticamente se deslizó hacia donde solía dejarla, pero obviamente no estaba. Porque claro, la dejé en la mesa del DJ cuando decidí seguir a Adam a su oficina. La dejé allí, a merced de su ayudante, que, según parecía, decidió proyectar absolutamente todo lo que contenía mi plan de venganza. Los emails de la vergüenza.

—Estúpida, estúpida... —me susurré a mí misma mientras daba vueltas en la cama, intentando no recordar el momento exacto en que vi proyectados los correos, los chismes, y los secretos que se suponía que iban a ser parte de un pequeño espectáculo controlado y no de una catástrofe viral.

Mi teléfono vibró de nuevo, rompiendo mi cadena de pensamientos autodestructivos. Lo miré de reojo. Adam.

No podía. No iba a contestar. ¿Qué se suponía que iba a decirle? *"Hey, lo siento por destruir la reputación de media oficina y convertir la fiesta de Halloween en una pesadilla, pero oye, ese rato en tu oficina estuvo genial, ¿no crees?"*.

Me estremecí solo con imaginar la conversación. Lo más probable era que me llamara para gritarme hasta quedarse sin aire. El tono de Adam cuando volvió a la fiesta no había sido precisamente amistoso. Y ahora, después de todo, no tenía ninguna duda de que no querría volver a verme en su vida.

O en la oficina.

Definitivamente, no podía volver a la oficina.

No el lunes.

Ni nunca.

Voy a tener que renunciar oficialmente por correo electrónico.

Aquel simple pensamiento me hizo soltar una risa amarga. Irónico, ¿no? Yo, que había planeado dejar mi trabajo de forma "elegante" y profesional, con una cuidada carta, ahora tendría que enviarla por email, escondida en mi apartamento, después de que mi plan saliera horriblemente mal.

Me levanté, al menos lo intenté, para ir a la cocina en busca de más helado. Pero mi reflejo en el espejo del pasillo me detuvo.

Vaya pintas, Harper.

Mi pelo parecía un nido de pájaros mal gestionado, y el maquillaje de la noche anterior, bueno... eso sí que daba miedo. Podría haber sido perfectamente uno de los personajes de la fiesta sin necesidad de disfraz.

Suspiré y me dejé caer en el sofá, abrazando la manta que tenía allí. ¿Qué había pasado conmigo? Quería desaparecer del radar. Quería que Adam dejara de llamarme. Pero al mismo tiempo, cada vez que veía su nombre en la pantalla, sentía una punzada en el pecho, una pequeña parte de mí deseando que lo que había pasado entre nosotros aquella noche no fuera una simple casualidad. Que hubiera significado algo más.

¿Y si la cagaste con él también, Harper?

Lo peor de todo era que no podía dejar de pensar en ese momento, en lo que me dijo, en cómo me miró. ¿Adam, el jefe reservado y serio, había estado enamorado de mí todo este tiempo?

Y ahora, después de lo que había hecho, lo había arruinado todo, no solo mi carrera, sino también cualquier posibilidad con él. Me lo imaginaba cabreado, apretando el móvil con fuerza, listo para soltarme una reprimenda épica por teléfono. Y aunque parte de mí sabía que lo merecía, la otra temía que sus palabras fueran mucho más duras de lo que yo estaba preparada para escuchar.

No podía volver el lunes.

Eso estaba claro.

Cerré los ojos y me acurruqué en el sofá, tratando de no pensar en lo que vendría. En cómo tendría que afrontar la vida sin ese trabajo, sin Adam, sin ni siquiera un plan B. Durante semanas había estado deseando largarme de allí, y ahora que lo tenía todo en bandeja... ahora que era el momento perfecto para desaparecer, me sentía completamente perdida.

¿Por qué diablos me había tenido que dejar llevar por el enfado, por esa estúpida idea de la venganza? Y encima, ni siquiera lo había hecho bien. El universo se estaba riendo en mi cara, claramente.

Mi teléfono vibró de nuevo.

—Adam, por favor... —suspiré. Pero no era él. Esta vez era Amanda. Mi estómago dio un vuelco al ver su nombre. Si me estaba llamando era porque probablemente ya se había enterado de todo lo que había salido a la luz en los correos. Oh, Dios.

Bloqueé la pantalla de inmediato y tiré el teléfono en el sillón.

Lunes. ¿Qué voy a hacer el lunes?

Quizá lo mejor sería desaparecer. Una bomba de humo en toda regla. Coger un vuelo, irme a otra ciudad y comenzar desde cero. Yo que sé. Hasta podía cambiarme de nombre. ¿Es fácil cambiarse de nombre?

Cogí mi ordenador portátil y se lo pregunté a Google.

Al menos, si me iba a otra ciudad, allí nadie sabría que fui la organizadora de la peor fiesta de Halloween en la historia de las agencias de publicidad.

Pero entonces, un pensamiento más fuerte surgió en mi cabeza: Adam no me llamaría tantas veces solo para gritarme, ¿verdad?

¿Verdad?

CAPÍTULO 8

A DAM
El lunes había empezado con una sensación de vacío.
La oficina, normalmente bulliciosa a esta hora, parecía más apagada. Pero el verdadero motivo de esa sensación era más personal.

Harper no había venido a trabajar.

Y no había contestado ni una sola de mis llamadas durante el fin de semana. Cada vez que veía su nombre entre los contactos de mi teléfono, sentía la esperanza de que al menos pudiera responderme, darme alguna señal de que no se estaba escondiendo de mí. Pero nada. El vacío seguía ahí, y con él, la sensación de que las cosas se estaban escapando de mi control.

La resaca de la fiesta aún resonaba en la oficina, casi tres días después. No podía dejar de pensar en el lío que se formó. ¿Cómo había llegado todo a ese punto? Los strippers, los emails proyectados... parecía una pesadilla. Pero lo que más me dolía era ver cómo Harper, después de todo lo que había pasado esa noche en mi oficina, de toda aquella sublime perfección entre nosotros; había huido, como si no pudiera enfrentarse a lo que había sucedido. ¿Y si ella creía que yo también estaba enfadado por lo que ocurrió?

Me recosté en la silla de mi despacho, mirando la pantalla de mi ordenador sin realmente ver nada. Tenía que hablar con ella. No podía dejar las cosas así; no podía dejar que Harper pensara que había arruinado todo. Aunque, en términos laborales, las cosas se complicaban.

La reunión de esa mañana a primera hora con la directora de Recursos Humanos había sido una de las más difíciles que había tenido en mi vida.

Amanda y Dennis, dos de los empleados más tóxicos que había tenido el disgusto de conocer, iban a ser despedidos. El ambiente en la oficina se había vuelto tan insostenible por su culpa que otros empleados, inspirados por lo que sucedió en la fiesta, habían empezado a destapar más casos de malos tratos y sabotajes. Amanda había creado un ambiente de rivalidades venenosas, y Dennis no se quedaba atrás; con sus chismes y propagación de rumores constantes.

—Adam, hemos decidido ofrecerles una indemnización para que se vayan discretamente —anunció Sophie, la directora de Recursos Humanos, con una mirada seria.

Era la mejor opción. Aunque me dolía que no fueran a salir por la puerta principal con la cabeza baja, al menos se irían.

Asentí, aceptando la decisión. No podía negar que una parte de mí sentía alivio por haber resuelto el problema, pero luego, en el fondo, había algo más que no me dejaba tranquilo. Harper también estaba en esa lista.

—Sobre Harper Keller... —Sophie continuó, con una mirada más compasiva—. Está claro que su participación en lo sucedido en la fiesta fue... significativa. Lo de los strippers, los correos electrónicos... Fue demasiado. No tenemos otra opción que despedirla también, Adam. Los emails estaban en su *tablet*.

Me dolía oírlo, aunque sabía que Sophie tenía razón. La fiesta había sido un desastre en más de un sentido, y Harper era,

41

de alguna manera, responsable de lo ocurrido. Pero la idea de que ella se fuera, así, sin más, me revolvía el estómago.

—Sí, lo entiendo —murmuré, apretando los labios.

Lo que Sophie no sabía, y lo que yo no había compartido con nadie, era que Harper ya había decidido marcharse. Tenía todavía su carta de renuncia a buen recaudo en mi mesa. Y la encontré el mismo día que le pedí organizar la fiesta. Si la hubiera entregado, todo esto habría sido más sencillo. No hubiese habido fiesta, no habría emails proyectados ni strippers. Pero tampoco existiría esa noche increíble en mi oficina, cuando finalmente, después de años de reprimir mis sentimientos, la tuve entre mis brazos.

Suspiré y volví mi atención a Sophie.

—Escucha, Sophie, quiero que Harper reciba una indemnización también. Que todo parezca parte de este despido colectivo. Quiero que al menos pueda tener un poco de estabilidad económica cuando salga de aquí.

Sophie me miró sorprendida, pero asintió. No hizo más preguntas. Con la filtración de esos correos electrónicos privados podían despedirla de forma procedente y la empresa no le debería nada. Me estaba jugando el cuello por Harper, pero no me importaba. No podía permitir que se fuera sin nada.

—De acuerdo. Lo haremos de esa forma —respondió Sophie finalmente, antes de despedirse para ultimar los detalles con el equipo legal.

Me quedé solo en mi despacho, acusando el peso de todo lo que había pasado. No iba a ser fácil enfrentarme a Harper después de todo esto, pero no podía dejar las cosas así.

Tenía que verla. Como fuese.

El viernes había sido una brutal montaña rusa de emociones. La confesión, el beso, el momento íntimo que compartimos en mi despacho... todo había sido real. Pasé la mano por aquella mesa...y mi imaginación voló por enésima vez.

Y ahora, con el desastre de la fiesta aún flotando en el ambiente, sentía que estaba perdiendo a Harper antes de haber tenido la oportunidad de tener algo con ella.

Me levanté de mi silla, decidido. No iba a pasar otro día esperando que ella me contestara el teléfono. Iba a ir a su casa. Tenía su dirección en mi base de datos. Era un tanto inapropiado utilizarla para esto, lo sabía, pero no me importaba. Necesitaba hablar con ella cara a cara, decirle lo que sentía por si no había quedado suficientemente claro y, sobre todo, asegurarme de que entendiese que no estaba enfadado. Que lo que había pasado entre nosotros significaba mucho más que cualquier incidente en la oficina. Además, quería que conociera la situación de los despidos por mí mismo, antes de que Sophie la contactase.

Se me encendió la bombilla. Me cambié de ropa a toda prisa allí mismo, en mi despacho; y recogí mis cosas, ignorando las miradas curiosas de los empleados que pululaban por allí. Sabía que algunos se estaban preguntando cómo iba a manejar el desastre y tal vez lo que veían no les dejaba muy tranquilos, pero la verdad era que en ese momento solo me importaba una cosa: Harper.

Salí del edificio y detuve el primer taxi que pasó. El tráfico de Nueva York no me importaba. Cada minuto que pasaba sin verla era otra eternidad más.

Mientras circulábamos, repasaba mentalmente lo que iba a decir. Tenía que ser sincero, abrirme con ella. Ya no podía camuflar mis sentimientos, ni detrás de mi rol de jefe ni de ninguna excusa. Harper tenía que saber que la quería. Que las cosas que le dije no fueron solo efecto de mi testosterona desbocada.

El cielo estaba cubierto, como si reflejara mi estado de ánimo. Pero a medida que me acercaba a su apartamento, la esperanza comenzaba a florecer de nuevo en mi interior. Tal vez si le explicaba todo, si lograba que me escuchara, aún habría una oportunidad para nosotros.

El taxi se detuvo frente a su edificio. Me bajé del coche, respiré hondo y me dirigí hacia su puerta, ajeno a las miradas que despertaba mi atuendo.

CAPÍTULO 9

HARPER

Para lo que me quedaba en el convento... decidí hacerme devota del consumismo *online*. Amazon Prime era mi nueva religión. Ya era lunes, y yo seguía en mi miserable pijama compuesto por camiseta gigante y bragas, rodeada de una fortaleza de cajas vacías y papeles de burbuja.

Todo lo que había hecho el fin de semana había sido comprar cosas inútiles para aplacar mi tristeza: unas velas aromáticas, unos cojines con estampados geométricos que no pegaban con nada en mi casa, y un par de fundas para el sofá que ni siquiera sabía si servirían.

Cuando el timbre sonó, suspiré. Seguramente sería otro repartidor de Amazon trayendo algo que no recordaba haber pedido. Me arrastré hacia la puerta, medio dormida, con el pelo revuelto y la camiseta torcida. No me podía importar menos cómo me veía. Para el repartidor sería solo una más de sus muchas entregas.

Abrí la puerta sin pensar, bostezando, cuando de repente me encontré cara a cara con un... asesino en serie. Una máscara terrible.

Grité. Grité con todas mis fuerzas.

—¡Aaaaahhh! —grité como si mi vida dependiera de ello, y de un portazo cerré la puerta en la cara de ese maníaco. Mi corazón latía desbocado. ¿Qué demonios hacía un tipo disfrazado del asesino de la película *Halloween* en la puerta de mi apartamento? ¿Había pasado ya Halloween? ¡¿Me había perdido el fin del mundo?!

Corrí hacia la cocina, buscando un cuchillo o algo con lo que defenderme, cuando de repente me vino a la cabeza un detalle importante. El disfraz.

Ese disfraz lo había visto antes. En la fiesta.

Oh, Dios. Era Adam. El mismo disfraz que llevaba en la maldita fiesta. Me detuve en seco, con una mano en la puerta del armario de los cuchillos. ¿Había sido yo tan estúpida como para cerrarle la puerta en la cara?

Tomé aire, me aparté el pelo de la cara y volví a la puerta. Quizás no lo había matado del susto todavía.

—¿Adam? —pregunté, asomándome por la mirilla, tratando de no sonar aterrorizada.

—Soy yo, Harper —respondió con su habitual calma.

Abrí la puerta de golpe, con una mueca de disculpa, y me encontré con Adam aún allí, disfrazado de psicópata, mirándome como si acabara de pasarle el camión de la basura por encima.

—¡Dios! Perdón, pensaba que eras un asesino en serie. ¿Qué demonios haces aquí con eso puesto?

Él me miró con una ceja arqueada y una ligera sonrisa en los labios.

—No sabía que este disfraz fuera tan efectivo fuera de contexto. Pero en fin, me alegra ver que aún gritas con fuerza —bromeó, quitándose la máscara y revelando su rostro, que parecía más preocupado que de costumbre.

—Sí, bueno, ¡lo conseguí! —exclamé, aún aturdida por todo el espectáculo—. Si la idea era asustarme a muerte, misión cumplida. ¿Qué haces aquí? ¿Ha llegado el momento de echarme la bronca final?

Adam suspiró, entrando sin que yo lo invitara. Avanzó hacia el salón, donde mi desastre de fin de semana lo recibió con cajas abiertas y envoltorios por doquier. Me crucé de brazos, sabiendo que esto iba a ser incómodo.

—No, no he venido a echarte ninguna bronca —dijo, mirándome con sus intensos ojos oscuros—. He venido porque... tenemos que hablar, Harper. Sobre todo lo que ha pasado. Sobre la fiesta, sobre ti, sobre nosotros. Ya que no has venido hoy a la oficina ni me has cogido el teléfono...

Mi corazón comenzó a latir de nuevo, pero no por el susto de antes. Por lo que él significaba para mí. Aún no estaba lista para admitirlo, ni siquiera para aceptarlo. Y menos después del desastre del viernes.

—Si es por lo de los emails... —dije, tratando de evitar el tema más difícil—. Mira, lo siento mucho. Hablé con Amanda y Dennis este fin de semana. Les pedí disculpas, aunque me odien y sean unas víboras. No quería arruinar la vida de nadie, Adam. Solo... solo estaba muy enfadada y...

Él me interrumpió, caminando hacia mí.

—No te preocupes por ellos. Ya no están. Recursos Humanos se ha encargado de despedirlos. Era cuestión de tiempo.

Me quedé con la boca abierta. ¿Amanda y Dennis, despedidos? Sabía que eran tóxicos, pero... ¿se habían ido así, de repente?

—¿Cómo...? ¿Por qué?

Adam se encogió de hombros, como si aquello no fuera muy relevante.

—Porque eran un problema y lo sospechábamos desde hacía tiempo. Y aunque lo de los emails fue un accidente, todo el ambiente que crearon en la oficina era insostenible. Pero no he venido aquí para hablar de ellos. Harper...

Tragué saliva, casi palpando la tensión en el aire. Sabía que esto venía, pero no estaba preparada. No después de todo lo que había sucedido en la fiesta y lo que había ocurrido entre nosotros en su despacho. Y encima estaba hecha un desastre.

—Mira, ya sé que estoy despedida. Es lo justo. Ya he asumido que no puedo volver a la oficina, y... —comencé a balbucear, pero él me interrumpió de nuevo.

—Sí, estás despedida. Pero no es tan malo como piensas. Te hemos conseguido una indemnización. Así que no tendrás que preocuparte por el dinero por un tiempo —dijo, sonriendo con una ternura que me dejó helada.

—¿En serio? —me llevé la mano a la boca, sin poder creerlo. Me iban a pagar por liarla parda. Tenía que reírme.

Adam asintió, pero había algo más en su mirada, algo que no estaba relacionado con el trabajo. Sus ojos buscaban los míos con una intensidad que me hacía sentir desnuda, y no solo porque literalmente solo llevaba una camiseta y unas bragas. Mis pezones se revelaban contra la tela que los cubría, y él no podía apartar los ojos de mi cuerpo...

—Harper, no me importa la fiesta ni el pitote que causaste. Lo que me importa es que... no puedo sacarte de mi cabeza. No he podido... desde hace años.

Me quedé paralizada, sintiendo que el suelo bajo mis pies se desvanecía.

—¿Años...? —repetí, como si eso fuera lo más importante de su discurso.

Adam dio un paso más hacia mí, tan cerca que casi podía sentir su calor.

—Te lo dije el viernes, pero te lo repito. Estoy enamorado de ti, Harper Keller. Lo he estado desde que te vi por primera vez. He intentado mantener la distancia, ser profesional, pero ya no puedo más. No quiero perderte, no ahora que finalmente sé que podría haber algo entre nosotros. Y da la casualidad de que...ya no trabajamos juntos.

Mis rodillas temblaban, y no era por el frío. Todo lo que había estado sintiendo durante el fin de semana, toda la confusión y el miedo, se disolvieron en el aire al escuchar esas palabras. Él estaba enamorado de mí. Y aunque intenté, con todas mis fuerzas, mantener la compostura, las lágrimas comenzaron a brotar de mis ojos.

—¿Pero entonces es cierto? ¿Tú... tú estás...? —no pude terminar la frase, porque Adam ya estaba besándome.

Fue un beso lento, suave, pero cargado de todo lo que no habíamos dicho hasta ese momento.

No había preguntas, ni dudas. Solo la certeza de que, a pesar de toda la vorágine, *nosotros* éramos lo único que importaba.

Cuando finalmente nos separamos, con la respiración entrecortada, Adam me miró a los ojos y sonrió.

—No voy a dejarte ir, Harper. No vas a salir de mi vida.

Reí entre lágrimas, y lo abracé con todas mis fuerzas. Por primera vez en mucho tiempo, sentí que todo estaba en su lugar.

—Supongo que tendré que dejar de usar mi pijama de batalla, entonces.

Y él se rió, como si todo el peso del mundo se hubiera desintegrado de un plumazo. Teníamos nuestro propio final feliz, a pesar de todo y de todos. Aunque más que final, desde ahí parecía más bien un principio infinito.

EPÍLOGO

U*n año después...*
     HARPER

Hace un año, si alguien me hubiera dicho que estaría pasando la noche de Halloween en el ático de mi exjefe —y actual novio— viendo películas de terror y comiendo palomitas, me habría reído en su cara. O tal vez le habría preguntado qué clase de drogas estaba tomando para poder tener esa clase de imaginación tan vívida.

Pero aquí estamos.

—¿Seguro que no quieres ver algo más... alegre? —le pregunto, mirando de reojo la pantalla de la tele, donde una chica en camisón corre descalza por un bosque oscuro. Una decisión brillante, por cierto. Porque, claro, las criaturas sedientas de sangre *nunca* te atrapan cuando vas sin zapatos.

Adam, sentado a mi lado en el sofá, me pasa el bol gigante de palomitas. Tiene la misma sonrisa traviesa que pone cada vez que sabe que tiene ventaja en algo.

—Vamos, Harper. Sabes que adoras esto. Ya es nuestra tradición.

Le da un sorbo a su cerveza y estira las piernas, apoyándolas en la mesita de centro. Con ese aspecto relajado, y el pelo un poco despeinado, no puedo evitar pensar que incluso hace que el terror tenga su lado sexy. Aunque eso lo sabía desde hace mucho.

No es como si lo hubiera visto en mi rellano con un disfraz de asesino hace exactamente un año, ¿verdad?

Resoplo y finjo que me aburro, pero en realidad, me encanta. Aunque nunca se lo diré. Tiene que haber algo de misterio en esta relación.

—Claro, nuestra tradición —murmuro, haciendo énfasis en "nuestra", como si no llevara la cuenta exacta de los días desde que aquella fiesta de Halloween cambió toda mi vida.

No puedo evitar mirar alrededor. El ático de Adam... bueno, *nuestro* ático, es una mezcla perfecta de estilos. Yo puse mi toque en la decoración, y él aceptó con la condición de que su colección de vinilos no se tocara. Me hice la dura al principio, pero, en fin, era imposible no ceder. Además, ¿quién iba a quejarse de un novio con buen gusto musical y una casa con vistas a toda la ciudad?

—¿Estás distraída? —su tono es provocador, y cuando me giro, tiene esa mirada juguetona que me derrite. Se acerca un poco más y me quita el bol de palomitas de las manos, dejándolo a un lado.

—Solo estaba pensando en lo afortunada que soy de estar contigo —respondo, exagerando el tono con una voz melosa y cursi.

Adam se ríe, esa risa baja y cálida que me hizo perder la cabeza desde el principio y que jamás afloraba en la oficina.

—Oh, por favor, Keller, no intentes jugar conmigo. Sé que estabas planeando algo. Siempre lo haces — se inclina hacia mí y siento su aliento cálido en mi cuello. Esa familiar electricidad entre nosotros empieza a correr por mi cuerpo con alegría.

—Planear, ¿yo? —hago una mueca exagerada de inocencia. Pero ya me conoce demasiado bien.

—Ajá, lo sé —murmura, y luego me besa, suavemente al principio, pero pronto pasa a ser más intenso. Es como si el tiempo no hubiera pasado desde la primera vez. Cada vez que me besa, me siento igual de descolocada y loca por él.

Un año después, y todavía consigue que me falte el aire.

—De acuerdo —digo, apartándome un poco para recuperar la compostura, aunque apenas puedo pensar con claridad—. Lo admito. No puedo creer que haya pasado un año desde esa maldita fiesta.

—¿Quién lo diría? —Adam me mira con una sonrisa satisfecha, recordando cada detalle—. Y pensar que estabas a punto de irte...

—Bueno, tienes que agradecerle a esos strippers por el espectáculo. Si no fuera por ellos, puede que no hubiese pasado nada entre nosotros —me río, recordando la caótica noche en la que todo salió de control.

—Ah, sí, claro. Los strippers. Debería mandarles una cesta de regalo.

Le doy un codazo suave.

—No seas imbécil. Lo digo en serio. Aquella fiesta fue un desastre... Pero al final, de alguna manera, funcionó, ¿no?

Adam asiente, pero su expresión se suaviza. Me agarra de la mano y me mira directamente a los ojos. Es una de esas miradas que todavía me desarman.

—Funcionó porque nosotros funcionamos, Harper. Eso es lo que importa. Lo demás... solo fue un show interesante.

Sonríe y besa mi mano.

Me quedo en silencio por un momento, asimilando todo lo que ha pasado desde entonces.

Ahora tengo un trabajo que me encanta como creativa en una revista de moda. Adam y yo vivimos juntos, en este ático increíble, y cada día me despierto sintiéndome un poco más afortunada, aunque jamás lo admitiría en voz alta. No se puede dar esa ventaja a un hombre como él.

—Hablando de shows interesantes —digo, cambiando el tono de la conversación—, ¿sabes que he preparado algo especial para esta noche?

Adam estira un poco el cuello, intrigado.

—¿Especial? ¿Más que nuestra maratón de pelis de terror y palomitas? ¿Qué podría superar eso?

Me inclino hacia él, mordiéndome el labio, y le susurro al oído:

—Te lo diré más tarde en el dormitorio. Si es que puedes sobrevivir a *Halloween* sin gritar como un niño.

Su expresión cambia de inmediato. De la risa al desafío en un segundo.

—¿Gritar yo? —finge ofenderse—. Por favor, Harper, si alguien grita aquí, no seré yo.

Nos miramos durante un par de segundos, y entonces ambos rompemos a reír. Todo es tan fácil con Adam, incluso después de un año. Quizás por eso esta relación funciona tan bien. Nos entendemos y podemos ser nosotros mismos, sin filtros, sin apariencias. Eso es lo más valioso de todo. Y aunque a veces intento protegerme con mi cinismo desbordante, la verdad es que no me imagino un lugar mejor donde estar. Ni una compañía mejor.

—Bueno —digo, levantándome y estirándome con exageración—, será mejor que vayas preparándote para perder esta noche. Porque ya sabes cómo termina la película: yo siempre gano.

Adam se pone de pie, con esa media sonrisa que me encanta.

—Ah, Keller, no me canso de verte intentar las cosas.

Me agarra de la cintura y me besa una vez más, esta vez sin prisa, sin distracciones. Y mientras estoy allí, envuelta en su abrazo, en nuestra pequeña burbuja de felicidad, me doy cuenta de que, por una vez, estoy exactamente donde quiero estar.

—Feliz Halloween, cariño —murmura contra mis labios.

—Feliz Halloween —respondo, sonriendo mientras lo arrastro hacia la habitación—. Y que empiece el verdadero terror.

Y sí, el terror siempre es mucho más divertido cuando lo compartes con alguien que te quiere y te desea.

CONTENIDO EXTRA

A continuación puedes leer el primer capítulo de mi historia ALGO ARRIESGADO.

CAPÍTULO 1

I RIS

Me quedé sentada tras el volante durante unos segundos más de la cuenta. Mi amiga Grace, a mi lado, esperó pacientemente a que estuviese lista para abordar la situación. Respiré hondo. En Cortland el aire era más puro que en París, pero no sé si menos asfixiante.

—¿Vamos? —me preguntó Grace.

—Sí. No lo retrasemos más —contesté.

—No te preocupes, Iris. Te acompañaré en todo lo que necesites. Tengo tiempo. Estoy aquí para ayudarte con cualquier cosa.

Le apreté la mano, y ahogué un sollozo, producto de la tensión.

—Y no sabes cuánto te lo agradezco.

Habíamos aparcado delante de la Funeraria Adler, a las afueras de Cortland, el pueblo en el que habíamos crecido y que tanto Grace como yo habíamos abandonado en la primera oportunidad que tuvimos, prácticamente cuando terminamos el instituto.

Acababa de cumplir veintitrés años y había regresado a Cortland hacía solo un día para enterrar a mi abuela. Los últimos cuatro años los había pasado en París, trabajando como modelo, lejos de todo lo que representaba el pequeño pueblo de Connecticut en el que habíamos crecido.

Tenía mucha suerte de tener a Grace a mi lado, porque tal y como me había temido desde que recibí la noticia, iba a tener que hacer frente yo misma a toda la burocracia del funeral de la abuela Adeline. Grace vivía en Nueva York y no había dudado en tomarse un par de días libres en el trabajo para acompañarme. Yo, por mi parte, había reservado el primer vuelo disponible de París a Nueva York, y desde allí había alquilado un coche para llegar hasta Cortland. Mi flamante vida parisina me parecía en ese momento algo surreal, un sueño paralelo del que había sido expulsada bruscamente por una mala noticia.

Subimos los peldaños de la pequeña funeraria familiar de los Adler, una de las dos que operaban en Cortland. Aquel apellido no me era del todo ajeno y de hecho Grace se había encargado de refrescarme la memoria.

—No puedes haberte olvidado de Blake Adler. Estaba colado por ti en el instituto.

Sí, claro que me acordaba.

Nunca había pasado nada entre Blake y yo, principalmente porque jamás lo vi como nada más que un compañero de clase, a pesar de que era el típico deportista que despertaba admiración allá donde iba. Así que debía hacer exactamente eso, cinco años, el tiempo en el que Blake y yo no nos habíamos visto. Me giré un segundo para contemplar el pueblo desde el montículo en el que se elevaba la funeraria.

—Dios mío, ¿te imaginas vivir aquí otra vez? ¿Volver a Cortland? —le pregunté a Grace.

Tenía ganas de cháchara insustancial. Me ayudaba a relajarme y estaba con la persona más indicada para eso. Sabía muy bien qué me esperaba en cuanto cruzase aquella puerta: tomar decisiones para las que no estaba precisamente de ánimos.

Grace me devolvió una sonrisa enigmática.

—¿Sabes qué? No lo veo tan descabellado. Puede que no estemos del todo en ese momento vital de querer regresar, pero creo que, en el fondo, Cortland tiene su encanto.

Aquello me arrancó una sonrisa. Hacía muchas horas que no sonreía.

—No puedes estar hablando en serio, Gracie. ¿Volver aquí? ¿En serio te lo has planteado?

Se encogió de hombros. Había algo que no me había contado aún, pero en todo caso tendría que esperar, pues llegábamos unos minutos tarde a mi encuentro con el señor Adler. El padre de Blake, y dueño del negocio familiar, si no había entendido mal.

Llamamos al timbre y escuché los pasos tras la puerta.

Me habría quedado petrificada en cuanto la abrió de no ser por el sutil empujón de Grace.

Desde luego, no estaba preparada para el severo impacto que me causó ver a Finn Adler por primera vez, después de tanto tiempo. Allí estaba, visibilizándose, apartándose a un lado para que entrásemos en su tétrico mundo, dejando a su paso un halo de un varonil perfume que impidió que me quedase clavada en su recibidor. Quería seguir ese rastro eternamente. Caminaría hasta el infinito si eso significaba que podría seguir oliendo aquel sutil aroma.

Finn Adler, por su parte, me miró complacido. Noté como me revisaba de arriba abajo con cierto disimulo. Sus pupilas se dilataron por momentos.

—Señorita Pierce, lamento muchísimo su pérdida —me dijo—. Acompañadme por aquí.

—Iris, por favor.

Supongo que recordarle mi nombre era una manera de borrar de un plumazo esa distancia a la que las circunstancias nos obligaban.

Se detuvo un instante antes de indicarnos el camino hacia su acogedor despacho. ¿Iba a abrazarme? ¿Los enterradores dan abrazos de consuelo? Porque me habría encantado recibir uno del padre de Blake. Tal vez podría conseguirlo más adelante. Y mientras yo misma me alimentaba con estos pensamientos inapropiados, porque no era el lugar ni el momento, el señor Adler hizo exactamente lo mismo. Eliminar las formalidades

—Puedes llamarme Finn. ¿Y tú eres...?

—Yo soy Grace. Pero supongo que más o menos ya nos conocemos. Por Blake.

—¿Blake?

—Íbamos juntos al instituto.

Finn mostró un poco disimulado gesto de disgusto. Ahora encajaba todo lo que Grace me había contado en el breve trayecto en coche hasta la funeraria y a lo que yo no había prestado toda la atención que debía.

Finn Adler había sido padre muy joven, con apenas diecinueve años. Eso significaba, si mis cálculos no andaban desencaminados, que debía tener unos cuarenta uno o cuarenta y dos. Sin duda era un padre joven con un hijo en la veintena; y eso tal vez era lo que curtía su rostro y sus elegantes movimientos.

—¿Sois hermanas? —nos preguntó.

—Amigas —dije—. Grace ha sido muy amable al venir a Cortland a ayudarme con el funeral de la abuela Adeline. Estoy un poco bloqueada, Finn. Es la primera vez que tengo que hacer gestiones de este tipo...

Antes de rodear la mesa de su despacho y sentarse, me agarró el codo. Mi mente racional lo interpretó como un gesto cortés, de buen hombre de negocios, pero mi cuerpo reaccionó tensándose y albergando una sensación extraña y placentera al mismo tiempo.

Una funeraria en teoría es un lugar en el que quieres pasar el mínimo tiempo posible, y sin embargo yo no me veía yéndome de allí a corto plazo. Me sentía cómoda teniendo cerca a Finn Adler, me daba seguridad y me fascinaba ver cómo había convertido un negocio algo desagradable y aséptico en una casita acogedora.

—¿Estabais en su clase? —preguntó Finn de repente, como si recordase algo.

—Sí.

—Blake está estudiando en la universidad —añadió—. Pero justamente vuelve a casa mañana. Solemos pasar Halloween en familia, los dos juntos.

Grace abrió mucho los ojos.

—¿Halloween?

Los tranquilos ojos grises de Finn Adler se apartaron de mí un instante para fijarse en Grace.

—Sí. Halloween siempre nos ha traído muy buenos recuerdos.

Yo ni recordaba la última vez que había pensado en Halloween. Desde que residía en París, y de hecho en los últimos tres años había viajado bastante a Italia y a Japón por trabajo; no había celebrado aquella fecha que me encantaba de pequeña. Y esa vez coincidía con que estaba de regreso en Cortland y con el funeral de la abuela Adeline. Era todo como una broma pesada.

Pero lo que me interesaba de aquella pequeña revelación no era el asunto de Halloween, sino que Finn Adler llamase "familia" a la exclusiva compañía de su hijo Blake. ¿Acaso no había una señora Adler?

Anillo, Iris.

Siempre me olvidaba de verificar ese tipo de cosas. Nunca me acordaba de revisar las manos de los hombres que me llamaban la atención por el simple hecho de que aquello no sucedía casi nunca. Finn no tenía ninguna alianza en sus dedos, aunque eso, en el fondo, no significaba gran cosa.

Sacó una especie de archivador y lo extendió sobre la mesa, y adiviné enseguida lo que contenía. Era un muestrario de ataúdes.

—Entonces, ¿vas a ocuparte tú de esto, Iris? —me preguntó, centrando de nuevo toda su atención en mí.

Asentí. Noté cómo me estudiaba en silencio.

—¿Tienes más familia? ¿Padres, hermanos?

Negué con la cabeza.

—Mi...mi tío Austin y mis primos llegarán mañana. Es increíble que yo haya podido volar tan rápido desde París y ellos, en fin... Mis padres fallecieron en un accidente cuando yo era una niña. Viví con mi abuela y con Austin y su familia a temporadas. Es una historia algo larga, Finn. Ya me ha resultado difícil pasar los últimos años lejos de la abuela. Su muerte ha sido repentina y muy inesperada. Hablábamos a menudo por teléfono y nada hacía presagiar...

El nudo en la garganta regresó. Me fijé en la cajita de pañuelos de papel satinado que había en un extremo de la mesa, preparado por si algún visitante se echaba a llorar, y fui consciente del sitio exacto en el que estaba. Aquello era un negocio de pompas fúnebres. El trabajo de Finn Adler, literalmente, era vender sus productos. Sus ataúdes, sus arreglos florales, su ceremonia de despedida (así lo había llamado) y, dadas las circunstancias, una buena dosis de mano izquierda, amabilidad y tacto eran las herramientas perfectas para hacer exactamente eso.

Es su trabajo ser amable en momentos delicados como este, pensé. *Por supuesto que no se ha fijado en ti, Iris.*

Me daba vergüenza tener pensamientos de ese tipo en un momento como aquel, mientras Finn pasaba las páginas plastificadas de su catálogo delante de mí. Si ni siquiera en París había tenido tiempo de fijarme en hombres, ¿cómo era posible que el día antes del funeral de la abuela estuviese teniendo todo tipo de pensamientos oscuros y sucios en los que Finn Adler —nada menos— era el protagonista absoluto? Era muy extraño. Sentía que el tiempo se había expandido al entrar en su funeraria y su rotunda presencia ocupaba ya todo mi pensamiento.

Señalé un ataúd en la tercera página.

—Este.

—¿Seguro?

Asentí.

—Es una buena elección, Iris.

Entonces Finn me agarró la mano. Acarició la palma con la rugosa yema de sus dedos. Me reconfortó al instante. Asistí entre sorprendida y avergonzada al calor que me invadió de repente, y que no tenía nada que ver con la chimenea eléctrica que adornaba una de las paredes de su despacho. No solté su mano. Grace observó aquel repentino contacto y se revolvió en la silla.

Milton Keynes UK
Ingram Content Group UK Ltd.
UKHW041820201024
449814UK00001B/11

9 798227 254900